Disney Junior

Fancy NANCY

PROBLÈME DE THÉ
TEA PARTY TROUBLE

ADAPTATION BY CAROL STEIN
TRANSLATION BY CAMILLE ROCHE

BuzzPop

BuzzPop

An imprint of Bonnier Publishing USA
251 Park Avenue South, New York, NY 10010

BuzzPop is a trademark of Bonnier Publishing USA, and associated colophon is
a trademark of Bonnier Publishing USA.
Manufactured in China HUH 0818
First Edition
10 9 8 7 6 5 4 3 2 1
ISBN 978-1-4998-0788-2
buzzpopbooks.com
bonnierpublishingusa.com

C'était une belle journée dans le **jardin**.
It was a lovely day in the **garden**.

Nancy et Bree prenaient le thé avec des **gâteaux** et de jolies assiettes !
Nancy and Bree were having a tea party with **cakes** and pretty plates!

Bree dit, "C'est le **goûter** le plus chic de tout —"
Bree said, "This is the fanciest **tea party** in the whole—"

RING ! Le son d'une **cloche,** indiquant à Nancy qu'elle avait reçu un message dans sa boîte aux lettres top secrète, la sortit de sa rêverie.

RING! The sound of a **bell** alerting Nancy that she had a note in her top secret mailbox woke her up from her daydream. It was a message from Bree.

Nancy parla à sa **poupée**, Marabelle. "C'est le RSVP de Bree pour le goûter !" dit Nancy.

Nancy talked to her **doll**, Marabelle. "This is Bree's RSVP for the tea party!" Nancy said.

Nancy continua. "RSVP signifie **répondez s'il vous plaît**." C'est du Français !

Nancy continued. "RSVP means répondez s'il vous plaît." That's French for **please reply**!

Nancy courut dresser la table, mais Maman se mit en travers de son chemin.
Nancy ran to set up her party, but Mom was blocking the door.

Elle était en train de déplacer un **lit** pour la petite soeur de Nancy, JoJo.
She was moving a **bed** for Nancy's little sister, JoJo.

C'est à ce moment que Nancy aperçut quelque chose de très **chic**. "Ooh la la !" dit-elle.
Suddenly, Nancy saw something very **fancy**. "Ooh, la la!" she said.

Nancy attrapa une théière, qui avait appartenu à **Mamie**.
Nancy held up a teapot that had belonged to **Grandma**.

Nancy dit, "Maman, est-ce que ce ne serait pas **fabuleux** d'utiliser la théière de Mamie pour mon goûter ?"
Nancy said, "Mom, wouldn't it be **fabulous** to use Grandma's teapot for my party?"

Maman dit, "**Désolée**, Nancy, mais je ne veux pas qu'il lui arrive quelque chose."
Mom said, "**Sorry**, Nancy. I just don't want anything to happen to it."

Nancy supplia alors Maman de lui laisser **emprunter** la théière, en promettant qu'elle y ferait très attention.
Nancy pleaded with Mom to let her **borrow** the teapot and promised to be very careful with it.

Maman finit par accepter que Nancy l'**utilise**.
Finally, Mom said Nancy could **use** it.

Mais après cela, Maman demanda à Nancy d'**inviter** JoJo à son goûter.
But then Mom asked Nancy to **invite** JoJo to the party too.

Enfin, c'était l'heure du goûter ! La table et les chaises les plus chics étaient installés dans le **jardin**.

At last it was time for the tea party! The **backyard** was all set up with the fanciest table and chairs.

La théière de Mamie était disposée au milieu de la **table**.

Grandma's teapot sat in the middle of the **table**.

Bree installa Chiffon, sa poupée, sur une **chaise**.
Bree put her doll, Chiffon, on a **chair**.

Nancy dit, "Aujourd'hui, nous allons servir du **jus de pomme**, préparé uniquement à partir des meilleures —"
Nancy said, "Today, we will be serving **apple juice**, grown only from the finest—"

JoJo interrompit Nancy. "Je croyais que nous allions boire du **thé**", dit JoJo.
JoJo interrupted Nancy. "I thought it was a **tea** party," JoJo said.

Nancy **lança un regard fâché** à JoJo.
Nancy **glared** at JoJo.

"Maman n'avait plus de thé, donc nous allons boire du jus" dit Nancy, tout en **versant** un peu de jus dans la tasse de JoJo.
"Mom was out of tea, so we're having juice," said Nancy, as she **poured** some juice into JoJo's cup.

Nancy **partagea** les cookies avec Bree et JoJo.
Nancy **shared** cookies with Bree and JoJo.

JoJo renversa une tasse en **attrapant** un cookie.
JoJo knocked over a cup when she **grabbed** a cookie.

Le jus **se répandit** partout sur la table !
Juice **spilled** all over the table!

Nancy essaya de **remplir** la tasse de JoJo, mais rien ne sortit de la théière.

Nancy tried to **refill** JoJo's cup, but nothing came out of the teapot.

Quand Nancy souleva le couvercle de la théière, elle vit qu'elle était **vide**.

When Nancy lifted the lid off the teapot, she saw it was **empty** inside.

C'est à ce moment qu'une des **breloques** du bracelet de Nancy tomba au fond de la théière !

Just then, a **charm** fell off Nancy's bracelet and into the teapot!

Nancy **plongea sa main** dans la théière pour rattraper la breloque.
Nancy **reached** into the teapot to grab her charm.

Mais quand Nancy essaya de retirer sa **main**, impossible.
But when Nancy tried to pull her **hand** back out, she could not.

"Oh, non !" pleura Nancy. Elle était **coincée** !
"Oh, no!" Nancy cried. She was **stuck**!

Bree essaya d'**aider** Nancy en tirant sur la théière.
Bree tried to **help** Nancy by pulling on the teapot.

Nancy essaya de **retirer** sa main de la théière.
Nancy tried to **pull** her hand out of the teapot.

Mais Nancy et la théière étaient toujours coincées **ensemble**.
But Nancy and the teapot were still stuck **together**.

Nancy dit : "C'est un **désastre** !" C'était une manière chic de dire que c'était au moins mille fois pire qu'affreux !
Nancy said, "This is a **disaster**!" That's fancy for a zillion times worse than bad!

Nancy et Bree **décidèrent** de retourner dans la maison, et d'essayer de sortir la main de Nancy de là.
Nancy and Bree **decided** to go back into the house and try getting Nancy's hand unstuck there.

Bree et Nancy arrivèrent à l'intérieur sans que personne ne **remarque** la main de Nancy coincée dans la théière.
Bree and Nancy got inside without anyone **seeing** the teapot stuck on Nancy's hand.

Maman lança à Nancy, "Tu laisseras la théière sur le **plan de travail** de la cuisine, s'il te plaît."

Mom called out to Nancy, "Please leave the teapot on the kitchen **counter**."

Nancy et Bree essayèrent de faire couler de l'eau du **robinet** dans la théière.

Nancy and Bree tried running water from the **faucet** into the teapot.

Mais la **main** de Nancy restait coincée.

But Nancy's **hand** was still stuck.

Bree essaya d'utiliser une **plume,** pour faire glisser la main de Nancy en dehors de la théière, mais ça chatouillait trop !
Bree tried using a **feather** to slip the teapot off Nancy's hand, but it tickled too much!

Bree **finit** par s'asseoir sur le lit, et par tirer d'un coup sec sur le bras de Nancy.
Finally, Bree sat on the bed and yanked hard on Nancy's arm.

Nancy fût soulevée du **sol**, mais sa main resta à l'intérieur de la théière.
Nancy was lifted off the **floor**, but her hand still stayed inside the teapot.

Bree dit, "**Rien** ne fonctionne !"
Bree said, "**Nothing** is working!"

Nancy dit, "Ma lotion pour le visage Chic Cheek est **plutôt grasse**.
Peut-être que ça peut nous aider !"
Nancy said, "My Chic Cheek Face Lotion is **slippery**. Maybe it
can help!"

Bree dit, "Mmmm. Ça sent la **noix de coco** !"
Bree said, "Mmmm. It smells like **coconut**!"

Bree versa la **lotion** sur la main de Nancy.
Bree poured the **lotion** onto Nancy's hand.

Enfin, la main de Nancy glissa à l'extérieur. Elle était **libre** !
Finally, Nancy's hand slipped out. She was **free**!

"Dieu Merci !" dit Nancy. La **journée** était sauvée !
"Thank goodness!" said Nancy. The **day** was saved!

JoJo accouru dans la chambre avec une **cuillère** en bois.
JoJo ran into the room with a wooden **spoon.**

Nancy **prit** la cuillère des mains de JoJo, et la déposa près de la théière.
Nancy **took** the spoon from JoJo and laid it down next to the teapot.

Mais après cela, Nancy fit malencontreusement **tomber** la théière !
But then Nancy accidentally knocked **over** the teapot!

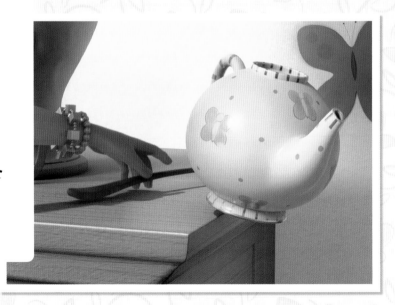

Nancy fût **choquée**. Elle poussa un petit cri ! Ce qui est une manière chic d'être choquée.

Nancy was **shocked**. She gasped! Which is a fancy way to be shocked.

Nancy avait tant essayé de garder la théière **intacte**.

Nancy had tried so hard to keep the teapot **safe**.

Et malgré tout, la thèière était quand même **cassée**.

But now, the teapot was **broken** after all.

Nancy dit, "Il faut juste que nous **recollions** les morceaux."
Nancy said, "We'll just have to try **gluing** it back together."

Mais on pouvait toujours voir les fissures, et le **bec** de la théière ne faisait que de tomber.
But the cracks on the teapot could be seen, and the **spout** fell off again.

"C'est **pire** qu'horrible ! Je crois que je vais devoir dire à Maman que j'ai cassé la théière," dit Nancy.
"This is **worse** than awful! I guess I'll have to tell Mom I broke the teapot," said Nancy.

Ce fût très **difficile** pour Nancy de montrer la théière cassée
à Maman.
It was very **difficult** for Nancy to show Mom the broken teapot.

Mais Maman ne **cria** pas sur Nancy.
But Mom didn't **yell** at Nancy.

À la place, elle raconta à Nancy la fois où elle avait cassé une des
tasses à thé de Mamie !
Instead, she told Nancy about the time she had cracked one of
Grandma's **teacups**!

Nancy et Maman posèrent la thèière sur l'**étagère**, à côté de la tasse ébréchée.
Nancy and Mom put the teapot on a **shelf** next to the cracked teacup.

"Quand j'ai **cassé** sa tasse, Mamie m'a dit que désormais la tasse avait une histoire." dit Maman.
"When I **broke** her teacup, Grandma said now there's a good story to go along with it," Mom said.

Nancy répondit: "Et maintenant, la théière aussi a une bonne **histoire** !"
Nancy replied, "And now the teapot has a good **story** too!"